註東坡先生詩

卷三十四

吳縣徐堅同錢唐何元錫觀於南昌使院

乾隆癸卯十二月十九日是日為東坡先生生日嘉善高育麟吳張塤欽洪範大庾楊宗岱順德張錦芳儀徵江德量安邑宋葆淳同拜觀于蘇齋德量題記

海虞地靈實甲天下蔚為人文俱以正學奇樹歸熙
應名世之望及翊運其起家羔雁咸備極三長理超象
外詢女[illegible]致而楷摹足三古也予敬奉玄旨良非一

先生詩卷[illegible]

吳興[illegible]氏

吳郡顧氏

詩五十七首 起在禮部盡遷謫南

次韻錢穆父馬上寄蔣穎叔二首

玉關不用一丸泥 後漢隗囂傳囂將王元曰請以一丸泥為大王東封函谷關

自有長城鳥鼠西 唐李勣傳治并州十六年以威肅聞帝嘗曰煬帝不擇人守邊勞中國築長城以備虜今我用勣守并突厥不敢南[illegible]賢[illegible]是[illegible]遠矣尚書西傾朱圉鳥鼠孔[illegible]安[illegible]古在隴西之西[illegible]州[illegible]南

故之邑土物左傳成二年齊賓[illegible]先王疆理天下物土之[illegible]布其利臘糟紅麴寄駞蹄

多買黃封作洗泥使君來自隴山西高寺

得兎人人羡爭欲尋蹤覓舊蹄莊子外物篇筌者所以在魚得魚而忘筌蹄者所以在兎得兎而忘蹄

表弟程德孺生日

程德孺名之元事見二卷先生送德孺守楚州德孺元祐七年六月侍節歸以右[illegible]郎中進[illegible]

生還自

山始決計歸毗陵

仗下千官散紫庭 唐儀衛志朝罷皇入東序門然後放

外仗隊七刻乃下杜子美詩花覆千官景移岑參和賈至朝大明宮詩玉階仙

擁千官 微聞偶語訝蘇程 漢高祖紀諸將往往偶語 長身

自昔傳甥舅 韓退之孔戣墓誌白而長身 壽骨遙知是

弟兄 東坡云予與君皆壽骨貫耳班列小多指予二人不問而知其為中表

三國志管輅傳輅曰吾額上無生骨不壽之徵 曾活萬人寧望

後漢[illegible]袁[illegible]后紀長文咳言嘗[illegible]活者子孫有封雖孽迷大施[illegible]

故寔如云本楚洪[illegible]社[illegible]求不[illegible]
沆州皆沒饑歲治數萬人
耕孟子五畝之宅樹之以桑五十者可
衣帛矣漢夏侯勝傳曰經不明不如
耕四朝遺老凋零盡韓退之連昌宮詞
前賢古来相問今無
開元幾葉孫文選謝靈運鄴中詩亭歲
月如流零落將盡撰文懷人感往增愴
鶴
髮他年幾箇迎庾信竹杖賦噫子老矣鶴
髮雞皮蓬頭歷齒唐遂之
李適嚴相詩試問門
前客今朝幾箇来
七年九月自廣陵召還復館
室東堂八年六月乞會稽
公乞詩乃夏

□君三章字半年八

問我遲留意待賜頭綱八餅茶公八茶之品莫貴於龍鳳謂之團茶凡八片東坡云尚書學士得賜頭綱龍茶今年綱到家遲

夢繞吳山卻月廊白梅盧橘覺猶香東坡云杭州梵天寺有月廊數百間寺中多白楊梅盧橘會稽且作須臾意楚辭劉向九歎聊假日以須臾兮何騷騷而自故從此歸田作良張平子有歸田賦韓退之□□詩有路即歸田

東南□興□□特歸□□□

去去與雲無心而出……由鳥倦飛而知還……送

之遺上詩斷送一生惟有酒子美解悶詩陶冶性靈存底物杜三年

六篇詩樂府曹子建名都篇白日西南馳光景不可攀

吳子野將出家贈以扇山枕屏

巖巖扇中山總辟信天剖文選謝靈運石門詩晨策尋絕壁

誰知大圓鏡楞嚴經六根圓通明照二含十方界立大圓鏡

衝霍入戶牖得之老月師畫者一醉

疑若人胷自有雲夢藪漢司馬……賦

八其胷中千巖在……

掌握用捨彈指[illegible]劫[illegible]

自知恨寄兒女手 後漢馬援傳上在兒女子手

短屛雖曲折 漢李廣傳注曲折猶言委曲也 高枕[illegible]

楚辭宋玉九辯堯舜皆有所舉任兮故高枕而自適 出家非今日

雜錄謝靈運語生公曰白蓮道人不知我在家出家久矣 法水洗無垢

維摩經八解之浴池定水湛然滿布以七淨華浴此無垢人 浮遊雲釋

嶠 韓退之詩釋嶠孫雲繼 宴坐柳生肘 莊子至樂支離叔[illegible]

介叔觀於冥伯之丘崐崘之虛黃帝之所休俄而柳生其左肘 忘[illegible]

間 杜[illegible]詩千峰[illegible]

客府雨中別

庭下梧桐樹杜子美詩西枝梧桐樹亭留一院陰三

汝前年適汝陰唐地理志潁州汝陰郡見汝鳴秋□

去年秋雨時我自廣陵歸唐地理志揚州廣陵郡今

年中山去漢地理志中山國高帝郡景帝三年為國九域志定州定武軍

有中山城白首歸無期客去莫歎息主人亦

客白樂天杏為梁歌開府之堂將軍未成時頭已白逆旅重居逆旅中

主人是客身對床空悠悠夜雨空蕭瑟

那知風雨夜復此□

聽蕭瑟其語意詳見

枝贈汝千里行老子千里之行始於足下歸白樂天同友人尋花詩且作来歲期不知身健否莫忘此時之次石頭驛馬詩黙然都不語應識此時情

謝運使仲適座上送王敏仲北使

王敏仲名古文正公旦曾孫舉進士熙寧中為司農主簿行淮浙究張共濟獄劾轉使王廷老張靚失職皆歷使諸路入為郎廷郎太常少卿出為...以...户部郎...

崇广集……之
嵗郎以

適師虞恩五齊右盡月往還書帖載集之

衝風振河朔楚辭屈原九歌衝風起兮水揚波飛霰

唐書地理志懷州河內縣有太行山相逢不相識李太白通塘曲

相逢不相識出沒繞通塘下馬須眉黃洗眼忽驚笑見

此玉節郎周禮守邦國者用玉節喜有賢主人文王

宣公宴詩頌我賢主人與天享巍巍共惜一作此殘燭光

衛八處士詩今夕復何夕共此燈燭光聚散一夢中

□蓮詩聚人七□句

雲汾水上人北雁南

珠林支遁在剡謝安與書云人
寄耳終日戚戚遲君來以晤言消

天一方 杜子美詩送李白雲邊白樂
賣却新昌宅聊充送老資文

子卿詩良友遠離
別各在天一方 幸子遇明主 史記蔡
傳明主

疑去
讒 陳經入西廂 漢揚雄傳甘泉賦溶方
皇於西清顏師古曰西

清西廂清閑之處也廂作箱文選王
文考靈光殿賦西廂踟躕以閒宴 歸期

不可緩倚相宜在傍 左傳昭公十二年
史齊相趨過

良史也子善視之是能
讀三墳五典八索九丘

言乳十元子一行

天人一氣　卷一　源海□冲

皆依□□所生　仙非謫了真游　章□一□李□□

□子謫仙人也　麾斥八極隘九州　楚辭王逸周八極兮登九

州莊子田子方篇夫至仁者上闚青天下潛黃泉揮斥八極神氣不變曹子建七啓

曰似若狹六合而隘九州　化為兩鳥鳴相酬　李太白大鵬賦序者

大鵬遇希有鳥以自廣　一鳴一止三千秋　韓退之鳥詩天

梓兩鳥各捉一處四還當三千秋更起鳴相酬　開元有道為□

文選王仲宣登樓賦曾何足以少留　縻之不可羽肯

□爵吾與　西望太白□□

張維義眉巔 目

然自得謂 天下無人 大兒汾陽中令君 并

儀奇之子儀嘗犯法白為救免乃 王璘當誅子儀請解官以贖子儀為

令封汾 陽王 小兒天合坐忘身 大鵬賦序云 於江陵口見

台司馬子微謂予有仙風道骨可與神遊 八極之表司馬子微坐忘論序云歙尋經

旨與心事相應者著坐忘安心之法略成 十條以為修道階次後蘿[illegible]衡傳大兒孔

文舉小兒 楊德祖 平生不識高將軍手汙吾

敢瞋 李白傳嘗侍帝家醉使高[illegible] 士素貴之恥[illegible]

妃帝[illegible]白 妃[illegible] 作詩

曾仲鈔 曾仲海汲人 時為定式停

代北寒韲擣韭萍 晉石崇傳韭萍韲 擣韭根雜以麥苗

花突落似晨星 楚辭屈原離騷唯草木之 零落劉禹錫送張盥引今 来落落如曙 星之相望

逢臨久已成枯腊 漢揚王孫 傳贏為枯

腊 得蜜猶應 一作疑 是薄刑 禮記月令 斷薄刑 欲

左慈求拄杖 神仙傳孫討逆見左慈 之使行於馬前欲自以 慈着木屐拄一竹杖徐徐而 行討逆鞭馬逐之終不能及 便有

全真 杜子美送孔巢父

□□問何□何□□節士歌安得倚天劍□

立新名字歐陽文忠公牡丹圖詩洛人矜誇立名字兒

恐不經東坡云俗有十八娘荔支史禪書其語不經見搢紳者不

大行太皇太后高氏挽辭二首

至矣吾三后真宗后章憲明肅劉氏仁宗后慈聖光憲曹氏英宗后宣仁聖烈高氏皆嘗垂簾聽政

功高漢已還復推元祐

冠蓋得永昭全東坡云嘗於經筵論□仁宗皇帝謚曰明□□

而不仁□□民畏而不愛仁而不□而不□□□大行皇太□□□

甘天下□慕無□也仁□帝之

菲□大　聖不作　□乃昇入

宋樂之□曰子建聖一君術□□　孝經先王有至德要道以順天下

信家傳　後漢孝質紀令郡國舉明經各　家法東夜云辛相以下嘗於經文

論奏祖宗以來家　法十餘事書於記注

却狄安諸夏　公羊傳春秋内中國而外　諸夏内諸夏而外夷狄　先

王社稷呂　謂楚王高瓊入景德契丹之役羣　呂皆欲避狄獨萊公寇準不

武呂中惟瓊與萊公意同公既爭之力　上曰公文呂豈獨盡用兵之利害公

呂高瓊既言乃言避狄為便公大□　為悔也既而徐言避狄固為安全

爲之士中路逃亡無與 [illegible]

者非寡人之自社

史記陳世家盛德
之後必百世祀
何止活千人

叔父陔言活千人者子孫有封兄訓
者使修石臼河歲活千人天道可信

蒙福后
訓女也
定策天知我
漢霍光傳定萬世
以安社稷言太

太后定立元
祐天子之策
忘家帝念親
漢賈誼傳為人
臣者主耳忘身

國耳忘家
公耳忘私
萬方何以報得藥為勤民

再和曾仲錫荔支

柳花春不萬淳萍力實 [illegible] 歲

至弱成 [illegible]
難良 [illegible]

侯問年曰十一
終世杜甫已崇泥

自玉既非鵠浴莊天運篇鵠不而白烏不日黔而

今丹殼似猩刑白樂天薔薇詩猩猩仕凝血點瑟瑟蹙金匡

賦詠窮三峽白樂天為忠州刺史有題郡中荔支詩重寄荔支與樓使君詩種荔支詩荔支樓對酒詩樂天入為刑部侍郎九域志忠州隸夔州路三峽山在夔州

妃子煙塵動四溟杜牧之過華清詩一騎紅塵妃子笑無人知是荔支来

莫遣詩人說功過且隨香

騷經楚辭離騷經序離騷之文興引類譬諭故善鳥香草

惡禽臭物

次韻滕大夫[illegible]

滕大夫名興公海陵人時為定武倅

雪浪石

太行西來萬馬屯勢與岱嶽爭雄尊飛

上黨天下脊唐文粹鄭亞會昌一品集序上黨居天下之脊當河朔之喉杜牧之賀平澤潞啓上黨天下之脊腹中之眼史記張儀傳雖無出甲席卷常山之嶮必折天下之脊半掩落日先黃昏淮南子日[illegible]于虞淵是謂黃昏削成山東二百郡杜子美[illegible]句[illegible]山東[illegible]削成[illegible]地青[illegible]氣壓代

裏賓丨丨東丨丨西丨丨忽然丨丨着也下[illegible]

鑿斷開亡門唐李[illegible]遠上與六丘語[illegible]五千出土明東岐帝山玄

城下作飛石後漢張衡思玄賦回志朅來從玄諆一[illegible]驚[illegible]

天驕蒐文選潘安仁閑居賦礮石雷駭漢匈奴傳胡者天之驕子也承

平百年烽燧冷漢食貨志師丹建言限民田云今累世承平此

物僵卧枯榆根畫師争摹雪浪勢孟東[illegible]詩[illegible]

浪起千堆雪天工不見雷斧痕國史補雷雷秋冬伏

人取得雷斧雷墨可以為藥用離堆四面繞江水

[illegible]堆[illegible]論漢溝洫志[illegible]

第兒戲作兒戲兒戲[illegible]

飛雨灑朝蘭韓退之盆池詩

真箇似童兒汲井埋盆作小池

看珠跳盆白樂天三遊洞序水石相礫鑿鑿跳珠濺玉驚動耳

此身自幼孰非夢故國山水聊心存文潘仁寡婦賦心存兮目想

同前

我頃三章乞越州欲尋萬壑看交流晉顧愷之傳人問會稽山水之狀答曰云千巖競秀萬壑爭流

造物開山骨韓退之石鼎聯句巧匠斲山骨

吳氷□世入首十尾二
東坡太石中似有海嶽形法　一□□□沈

雖可致唐白居易傳東都履道里疏池種樹搆石樓香山也……卽衛

玉川巷地若為收盧仝客謝方午裁縱有神力爭敢將公賠揚州琴百姓疑我卷甘皮仝號玉川子洛陽泉石今誰主莫學

癡人李與牛賈氏談錄贊皇公平泉莊周圍四十里天下奇花異草珍松怪石靡不畢致今一以絕美怪石名甚衆各為洛陽大族有力者取去李衛平泉花木記及詩序云後世以一花一移於它處者非李氏子孫德裕初封衛後封衛國公唐牛僧孺傳治第□仁里多致嘉石美木白樂天十

□嘗□以甲乙丙丁為

沉香石

壁立孤峰倚硯長 晉王衍傳巖[illegible]清峙壁立千仞

水得頑蒼 唐本草注云沉水香出天[illegible]于二國樹葉似橘經冬不凋青色木似欅柳重實黑色沉水者是砍[illegible]拾遺記云常以水試乃知見香譜

楚客紉蘭佩 楚辭屈原離騷紉秋蘭以為佩 誰信吳兒是

木腸 晉夏統傳賈充曰此吳兒是木人石心也 山下曾逢化松

石 録異記婺州永康山有枯松因斷墮水化為石枝榦及皮與松無異[illegible]堅潤叢書

東陽多名山金華永康之地中饒古松往往化而為石 丹遜[illegible][illegible]

邪皆 社陽篇台漢至唐公主[illegible][illegible][illegible]髻四面微五治[illegible][illegible][illegible][illegible][illegible]

[illegible]以

邪瑞香皆其國所獻[illegible]以[illegible] 香王辟邪賜李輔國其香可[illegible]

百和俱灰燼 杜子美即事詩氣渾如百和香 未信[illegible]言

弱勝剛 老子柔之勝剛弱之勝彊

石芝 并引

予嘗夢食石芝作詩記之今乃真得石芝於海上子由和前詩見寄予頃在京師鑿井得如小兒手以獻者臂指皆具[illegible]若生予聞之隱者此肉芝也與予食之追記其事復次[illegible]

土中一掌嬰兒新瓜者

記蘭陵蕭靜之買地葺居掘得

手肥且潤其色微紅烹而食之逾月

再生偶遊鄴都見一道士指其脈曰

子之所食者肉芝也神仙傳亦云

怖走誰敢食楞嚴經演若達多自怖頭走天賜我爾

及賓周易包有魚義不及賓也旌陽遠遊同一許長史

玉斧皆門戶洪州西山十二眞君傳許遜字敬之弱冠拜旌陽令晉太

康二年八月一日拔宅上昇東晉尚書郎

邁護軍長史穆皆族子也眞誥許翽

懷道蹤棲世外改名遠遊字[illegible]一名

雖泯洛濟而內修眞學與[illegible]王夫[illegible]

老[illegible]娶我當與山[illegible]許道士[illegible]

長史[illegible]翽名[illegible]

大夫二板□
云召□斧依侍中　宗□□□辰

布衣韋帶之士修□有陰□□□□
身於內成名於外□

入篋加六翊禮記殷之六翊局□□□盡奠
氏云皆黍稷器毛詩共□粢酒□

掃陳饋八墓化人視之眞魂蘇列子周穆王嘗
遊化人之宮儕

而視之其宮榭若累塊積蘇焉肉芝烹熟石芝老抱朴子
芝有石

芝木芝草芝肉芝菌芝名有百許種又
山中有小人乘車馬長七八寸者肉芝

挺取服之即仙矣笑唾熊掌嚬雕胡孟子熊
我所欲

京雜記菰之有米者長安謂之雕
事母至孝母好食雕胡飯湖□

老饕作頌何時免□壽□

燭蛾誰救護蠶繭自纏縈

激烈後漢王霸傳光武曰憂想[illegible]天下功業莊子至人者上窺青天下[illegible]

泉文選蘇武詩長歌正激烈古來大藥不可求贈壯[illegible]

白詩昔之大藥資山林迹如掃真契當如磁石鐵漢藝[illegible]志醫[illegible]

者至療之得猶慈石取鐵以物相使呂氏春秋慈石召鐵或引之也大涅槃經譬如磁石去鐵雖遠以其力故鐵則隨着衆生佛性亦復如是華嚴經如好磁石少分之力則能吸壞諸鐵鉤瑣

鶴嘆

眉山[illegible]子[illegible]士詩 作[illegible]自[illegible]

之軀書之詩江下之契東坡余

主閣立少乜亡旣出儼然如見病鶴大

園中有鶴馴可呼我欲呼之立坐隅鶴有

難色側睨子世說滿奮見琉璃屏有難色豈欲臆對如

鵩乎漢賈誼傳為長沙傅有服飛入誼舍為賦以自廣曰庚子日斜服集余舍

止于坐隅貌甚閑暇眼乃太息舉首奮翼口不能言請對以臆我生如

良畸孤文選魏文帝樂府人生如寄多憂何為三尺長

瘦軀俛啄少許便有餘漢東方朔傳高者鶴俛

淵明詩傾身營一飽少許便有餘何至

□堂立斯須 杜[illegible] 且為王孫[illegible]

視若無憂然長鳴乃下趨難進易

如 禮記儒有難進而易 退者粥粥若無能也

送曾仲錫通判如京師

邊城歲暮多風雪強壓春醪與君別 陶淵明停

雲詩靜寄東 軒春醪獨撫 玉帳夜談霜月苦 唐藝文志 有玉帳經

年號記咸通十一年以龐勛盜徐州停貢 舉盧尚卿賦詩曰自從二帳論兵後不[illegible]

令門諫議大夫李華弔古戰場文[illegible] 露白壯士美無城早[illegible]詩[illegible]帳[illegible]

[illegible]日[illegible]天早朝[illegible]天[illegible] [illegible]

出刀[illegible]鳴[illegible]实斷達之[illegible]法[illegible]貢沙箭

鬖鬖花𪔅為王孫朝上國（[illegible]花物志[illegible] 予旨古人[illegible]）

（敎之辭左傳 上國有言曰）珠幢玉節與排衙（周禮掌節 邦國用玉）

（節白樂天懷微之詩 今日排衙得免無）左掾公孝右孟博我

居其間嘯且諾（後漢黨錮傳汝南太守宗 資任功曹范滂南陽太守

成瑨亦委功曹岑晊二郡謠曰汝南太 范孟博南陽宗資主畫諾南陽太守岑

孝弘農成瑨但坐嘯 滂字孟博晊字公孝）僕夫為我催歸

與北海春水爭先回

和錢撝父美

聯鑣接武兩長身武[illegible]韓[illegible]

子世三十八吾見其孫白而長身鵷鷺行中語笑[illegible]

林院中詩寄跡鵷鷺行劉禹錫和竇員外詩鵷鷺差池出建章九子[illegible]

門戶壯穆父之子九人東坡嘗戲之為九子母丈夫八州憐

往來頻東坡嘗歷察於湖登杭潁揚及今定武九八郡守佇聞良

府開賓閤便乞西湖洗塞塵更向青齋覓

消息三國志魏管寧傳嘗使經營消息要知從事是何人

世說桓公有主簿善別酒好者謂之青州從事惡者謂平原督郵

劉醜斯

劉[illegible]都民 州[illegible] 詩

子曰醜厮亡二行擽擊 注[illegible]

死不念本養 壽命老也 墻閒得餘粒 孟子齊人有之 東郭墦間之祭

者乞其餘不足又顧而之 他此其為猒足之道也 雪中拾墮樵飢

飽共生死水火同焚漂病翁恃一褐度此

積雪霄哀哉二暴客 周易重門擊 柝以待暴客 掣去

飢鴉翁既死於寒客亦易此齠 韓詩 男子

生齒八歲 而齠齒 崎嶇走亭長 漢高祖紀 吏為[illegible]

不憚雪徑遂戕仇兄[illegible]

訪之揚子雲校獵賦前[illegible]

涕後漢范滂傳行路聞之莫不流涕二客竟就梟

塞王欣頭櫟陽市注云梟縣首於木上譊譊詎我庭揚[illegible]譊[illegible]

下皆訟也奚其存慊慨驚吾寮楚辭宋玉九辯夫人之慊慨左[illegible]

文公七年荀伯曰同官為寮曰此可名寄追配杮之[illegible]

恨我非柳子擊節為爾謠白樂天續古詩擊節獨長歌

官賜二萬錢無家可歸嬀宋樂志古詞白頭[illegible]

由無親誰為嬀為[illegible]妯日嬬寵[illegible]甚咨先[illegible]

[illegible]以頭束其

二豪賊劫持
之寄偽兒啼恐慄

酒一人去市一人臥植刃道上
刃力下上得絕因取刃殺之逃未及遠市者

者還將殺童童遽曰為兩郎僮孰若為一
郎僮耶市者善之持童愈束縛牢甚夜半

童以縛即爐火燒絕之復取刃殺市者因
大號一虛皆驚吏白州州白大府刺史顏

證奇之留為小吏不肯
與之衣裳護還之鄉

筆硯耕學苑 世說
王戎

云以洪筆為鉏
耒紙札為良田

弓矛戟天驕 漢匈奴傳
者天之驕

也

壯大隨爾好忠孝福可徼 左傳僖
年楚屈

齊侯曰君惠徼福
於敝邑之社稷

相國有折脅 史記

擊雎折脅摺齒雎佯
死得出後遂相秦

[illegible]表事從人事[illegible]
從高祖封絳侯
列子湯問篇從中州以東四十
萬里得僬僥國人長一尺五寸

題毛女真

霧鬢風鬟木葉衣 異聞集洞庭靈姻傳
毅見龍女風鬟霧鬢

山川良是昔人非 神仙傳蘇仙翁化白鶴
來桂陽郡以爪攫樓板
以漆書云城郭是人民
非三百甲子一來歸

秪應閑過商顏老 漢溝洫志引洛水至商顏下注云商[illegible]
山之顏也漢張良傳顧上有所不能致者
人四人年老矣皆以上[illegible]士[illegible]
逃匿山中[illegible]云商[illegible]

[illegible]山[illegible]驛 杜牧
月[illegible]

□餘合□

此詩眞□□□婺倅賦事自述其□□□祐八年十二月二十五日醉睡中作

老人心事日摧頹白樂天立秋詠懷詩我年日摧頹宿火通紅手自培鄭榮贈老僧詩宿火焰爐灰小甑短鉼良具足穉兒嬌女共燔煨寄君東閣閑烝栗杜子美復至東屯詩山家烝栗暖知我空堂坐畫灰兄回雪夜詩對雪畫寒灰約束家僮好收拾史侯至而定約束耳後漢[illegible]不法收拾[illegible]

次韻子由清汶老龍珠丹

天公不辭防癡龍 劉慶忌幽明錄洛洞穴深不可測有婦推其夫墮穴中良久方甦旁得一穴入都郭鄴臺榭悉以金瑰為飾人皆長三因告京人去長人引令過九處最後所至苦飢餒長人指中庭柏樹下一羊令跪捋羊鬚初得一珠長人取之次捋一珠亦取之後得一珠令取噉之甚得療飢因問九處之名答曰還問張華可知其人復道它而出至交州七八年間方歸終南詣問華曰是崑崙下地仙之九館羊為癡龍其初一珠食之與天地等壽次者延年乚飢而已況亦云云

付[illegible]宮葉方之[illegible]以 青蛇乃誰

一雷霆下索無數避[illegible]退竄向[illegible]宮[illegible] 丁謂雷電下[illegible]

逃入先生衣袂中楞嚴經有人自於衣中繫如意珠不自知覺

先生不作金椎袖玩世猶徉隱屠酒漢淮南厲

王傳辟陽侯出見之即自袖金椎椎之史記魏公子傳公子無忌從車騎虛左自迎

夷門侯生侯生又謂公子曰臣有客在市屠中公子引車入市下見其客朱亥侯

謂公子曰臣所過屠者朱亥此子賢者莫能知故隱屠間耳魏安釐二十年

王已破趙又進兵圍邯鄲平原君遺魏王使將軍晉鄙將十萬衆救

使使者告魏敢救者[illegible] [illegible]子為魏[illegible]

漢東方朔傳贊曰

辭惜誓章記回風兮徜徉夜光明月空自投

夜光之璧以闇投人於道莫不按劍相眄者無因而至前也一鍜

緯蕭手莊子列禦寇篇河上有家貧恃緯蕭而食者其子沒於淵得千金珠其父謂其子曰取石來鍛之黃門宣好心易足唐百志門下

侍郎龍朔二年改黃門侍郎按予由時為門下侍郎荊棘不生梨棗

熟真誥紫微王夫人授許長史曰大棗之梨之樹已生君心中可薊荊棘令比附

玄珠白鑑爾無求無[illegible]入手來入[illegible]

以[illegible]齒典書[illegible]自至者以

選李少伯 爾雅 卷二

生也那知空門不是仙五學空門不學仙詩

恐君此語是虛傳海山不是吾歸處歸則須歸兜率天

次韻子由書清汶老所傳秦湘女圖韓退之詩秦地吹簫女湘波鼓瑟妃

春風消冰失瑶玉我本無身安有觸楞經若多演無身覺觸

羊生得婦如得風握手一去為辱真誥楊君自記論去紫微王降與一神女俱來曰此九華真妃曰聞君德音甚久

[illegible]未人曰今[illegible]之謀客矣夫人既去真

情未攄意氣未忘明日當復來[illegible]執之而自下床未出户之間忽然[illegible]

隱居注蕚綠華詩云此是降羊權乃[illegible]云楊君所書者當以其姓同音耳

室中無天遊莊子外物篇心有天遊室[illegible]空虛則婦姑勃磎心無天遊[illegible]

則六鑿相攘佩環何處鳴風颸趙飛燕外傳帝於太液池作千

人之舟后歌歸風送遠之曲帝以文犀簪擊玉甌倚后歌歌中流以酣風大起后揚袖

而歌曰仙乎仙乎隨魔未必皆魔女但與分燈遺

歸去維摩經王女曰維[illegible]須我等云何於魔宮維摩詰[illegible]

名[illegible]燈汝等當[illegible]然自[illegible]盡冥者皆[illegible]

亦女意亦不心
盡君無盡燈以
故獨寫眞
傳世人
更西雜肇一轉語丹元常泊
三問太極老人時往還
裴研傳奇元祊二
君陣元和中元爲
柳實艤舟合浦岸漂入大海俄抵孤島見
玉虛尊師與南詰夫人會約二子拜謁求
返人世尊師曰子有道歸不難然避逅相
遇合有靈藥相貺但不宿分自有師夫人
命侍女送二子馭百花橋而歸二子問
者吾師是誰云是南嶽太極先生既達
維舟處回視無橋矣及詢時代已十二
矣二子後共尋雲水訪太極先生曾
嚮一日因雪見老叟負樵擔上有
極字遂禮爲師隨詣祝融不復
愈凡心已今佛手耳白

[illegible]如指爪心念皆[illegible]牽經鞭之但見鞭着經[illegible]鞭方平曰吾鞭亦不可妄得也[illegible]記封禪書李少君能使物却老

紫團參寄王定國

谽谺土門口漢司馬相如子虛賦谽谺豁閜突兀太行韓退之衡嶽詩仰見突兀撐青空豈惟團紫雲本草補注云人參潞州太行山所出謂之紫團參實自俯倒景文選張景陽七命承倒景而開軒注云陵陽子明經曰倒景氣去地四千里其景皆倒在下剛風被草木抱朴子鵰鷲鶚翅不動決去地四十里風力猛壯所以[illegible][illegible][illegible]風世界直氣一苕顥杜陸士[illegible]

衆絕致昔聞人銜芝
險塞名山形似蹄狀如羊腸今在太原晉陽之西北纖捷虎豹藻感
縮龍蛇與癭蠡頭試小嚼龜息變方騁定命錄云
天綱與李嶠同寢嶠忘自耳中起曰是龜息也龜息貴壽而不富矧予明
真子已造浮玉境清宵月挂户半夜珠落
井灰心寧復然莊子庚桑楚身若槁木枝而心若死灰若是者
亦不至福亦不来漢韓安國傳死灰獨不復然乎汗喘久已[illegible]
本草相傳欲試人參者當使二人同與人參含之一不與度走三五[illegible]
含人參者必大喘含者氣息自如東坡

秉毛詩彼有遺秉此有滯穗欲持三
三椏五葉背陽向陰欲來求我椵樹相尋往侑九轉鼎
九品其七名九轉霜雪之丹為予置齒頰豈不賢
茶錄郭璞云早取為茶晚取為茗

次韻劉燾撫勾密漬荔支

劉燾字無言長興人諸父亘翁行父皆從先生游事見十六卷送劉行甫寺丞赴餘杭詩注無言在太學有俊聲善筆札皆嘗苦稱之謂他日必南復有羊欣薄紹之矣時在

時新滿座聞名字別久何人記色香 舊[illegible]書白

居易傳居易在南賓郡為荔支圖寄郎中親友各記其狀曰荔支若離本枝一日而

色變二日而香變三日而味變四五日外色香味盡去矣 葉似楊梅蒸

霧雨花如盧橘傲風霜 史記司馬相如傳盧橘夏熟郭璞曰

今蜀中有給客橙冬夏華實相繼通歲食之即盧橘也 每憐蓴菜

鹽豉 晉陸機傳王濟指羊酪謂機曰卿中何以敵此答曰千里蓴羹未[illegible]

豉 肯與蒲萄醍酒漿 漢西域傳大宛[illegible]蒲萄釀酒[illegible]

有斗不可以挹酒漿 回首驚塵[illegible]

君嘗北夢瑣言[illegible]鎮嘗鬱鬱歎惜因[illegible]

去麤官乞與真拋却
賴有詩情合得嘗

立春日小集戲李端叔

李端叔名之儀其先景城[illegible]後居當塗舉進士力學善[illegible]文為東坡所知元祐八年九月坡出帥中山辟掌機宜文字是時特畢將變端叔策知其然相與反覆論議先生是[illegible]曰自是相從之日益離[illegible]期與子游戲於文詞翰[illegible]而其黠蜀人[illegible]歛行子政六所任幕府而[illegible]與以曾[illegible]為[illegible]玉[illegible]無所[illegible]意[illegible]

□□□以□□□□言□世

五月遂詔□□□識□□

於時璽權□□□編□宮通判

京州式符□□□內□舉□□

史論為東坡客不可任京官

言停廢繼宗物提舉河東

常平范忠宣公將薨以意授

端叔作遺表未數蔡京當國

謂忠宣之子正平與端叔矯

撰皆逮入御史府由是得辠

貶廢終朝請大夫有姑溪前

後集七十卷孫子發仕止

直大

夫

白髮已十載青春無一堪不驚新以

與故人談牛健民聲之

不到地杜子美雪詩南雪不到地

川似陶淵明遊斜川詩序辛丑月五日與二三鄰曲同遊斜

曲水懃酈道元水經注宋元嘉十一齊樂游苑地為曲水武帝引

觴會者賦詩行吟老燕代史記屈原傳行吟澤畔坐睡

江潭記苑齊景公畋於梧丘夜猶蚤公姑坐睡而夢五大夫丞掾頗

哀援後漢馬援傳為隴西太守任吏以職但總大體而已諸曹外事援曰以

丞掾之任何足相煩頗哀老子使得遨遊歌呼誰相參漢曹參傳

相相舍後園近吏舍吏舍日飲歌呼從吏患之迺請參遊後園幸相國召按之

取酒張坐飲亦歌呼大歌呼相和

氣尚饒貪白喫本[illegible]首

得青韭臘酒另黃[illegible]歸臥簷[illegible]詩

打庵須煩李居士楞嚴經若諸衆生愛談名言淸淨自居我於彼前現居士身而為說法令其成就重說後三三延一廣淸涼傳無著禪師遊五臺山見一寺有童子延入無著問一僧云此處衆有幾何荅曰前三三後三三無著無對僧曰既不辭速須引去禧云此詩方叙燕遊而遽用後三三語者往往不知所謂蓋端叔在定武幙中悅營妓董九者故用九數以為戲爾[illegible]說於強行父云

次韻曾仲錫[illegible]

蕭索東風兩鬢華 何蕭[illegible]

年年幡勝剪宮花 白樂天禁中[illegible]詩宮花滿把獨相

聞塞曲吹蘆管 白氏六帖笳者胡人卷蘆吹之以作樂也 [illegible]

春盤得蓼芽 杜子美立春詩春日春盤細生菜 吾國舊

雲澤米 東坡云定武齋酒用蘇州米 君家新敎雪坑茶

東坡云近得曾坑茶 燕南異事真堪紀 三寸黃甘擘

永嘉 南史[illegible]張王傳東府甘大供御者二寸杜子美即事詩一雙白魚不[illegible]

三寸黃甘猶自青 温州永嘉郡歲貢黃甘

印香銀篆盤[illegible]

旃檀婆律海外芬 [illegible]嚴[illegible]佛告□難[illegible]香居[illegible] [illegible]爐中許檀[illegible]眞

然於一銖室羅筏城四十里內同時聞氣 南史海南諸國傳狼牙脩國南海中多[illegible]

沈婆律 等香 西山老臍柏所薰 唐本草麝生益 州形似麞常食

柏葉水麝臍 其香尤美 香螺脫黶來相羣 本草甲香 海螺之掩

也可聚香使不散雜衆香燒之使益芳 燒則臭香譜蠡頭生雲南者取黶燒灰

香多用謂䏹發 香復來香煙 䏹結縹緲風中雲一縷

螢起微焚何時度盡繆篆紋 晉衛[illegible]

也香譜香篆鏤木以爲 爲篆文範以香塵

□南都賦偹袖繚繞而滿庭鼎鼎□

杜子美小司冠詩惟南將獻壽佳氣日氤氳東坡持具

子由以巳卯生故云卯君君少與我師皇墳韓退張秋

高詞皇墳嬿旁資老聃釋迦文共厄中年點

蚊韓退之雜詩朝蠅不須驅暮蚊不可拍蠅蚊滿八區可盡與相格晚遇

斯須何足云白樂天詠著緋詩晚遇緣才拙莊子田子方篇彼直以□

世斯須君方論道承華勛尚書三公論道經邦燮理陰陽韓

文贈張祕書詩方向太平元凱承華勳我亦旗鼓[illegible]

信傳建大將鼓旗左□晉作三軍謀元帥乃使

一

恩未報敢不勤朱得[illegible]天[illegible]為青

頤不為世所賤齒今白髮不可奏陽與

時返鄉枌文選謝靈運詩揮手告鄉曲三載期歸旋已為樹枌檟無令孤

頤言文選張平子西京賦豈伊不懷歸於枌揄收拾散亡理放紛

後漢光武紀不能收拾者官為尋求之此心實與香俱焄聞

思大士應已聞楞嚴經觀世音菩薩由聞思修入三摩地

次韻李端叔送保倅翟安常

兼寄子由

中山保塞兩窮邊臥台

從衛君重臥而治之顧我迂愚[illegible]

虎符竹使符頗師古曰謂各分其半與君談笑用蒲[illegible]

笑却秦軍後漢劉寬傳典歷三郡溫仁多恕吏人有過但用蒲鞭罰之

三徑思元亮陶淵明歸去來辭三徑就松菊猶存晉陶潛傳字元[illegible]

南史字淵明草合平池憶惠連南史謝惠連傳族兄靈運嘗思

詩竟日不就忽夢見惠連即得池塘生春草大以為工白髮歸心遠

說與古來誰似兩疎賢漢疏廣傳與兄子受俱乞骸骨歸之

幸車數百兩道路觀者皆曰賢哉二大夫

鬱鬱蒼蒼歸千歲婆娑[illegible]

張道士詩不[illegible]能伴兒嬉[illegible]龜巢[illegible]

史記龜策傳有神龜在江南嘉林中巢於芳蓮之上掃白聊煩鶴[illegible]

枝杜子美丈人山詩掃除白髮黃精在醉裏便成欹雪舞醒

時與作嘯風辭馬軍走送非無意杜子美謝嚴中

丞乳酒詩鳴鞭走送憐漁父洗盞開嘗對馬軍玉帳人閑合有

唐藝文志有玉帳經年號記咸通十一以龐勛盜徐州停貢舉盡尙卿賦詩

從玉帳論兵後不詩令門諫獵來

次韻李端叔[illegible]

圖

聞君談西戎廢食忘早晩王師太[illegible]

傳善師者不陳善陳者不戰 賊壘何足剗守邊在[illegible]

史記滑稽傳得士者强失士者亡 此語要而簡 晉裴楷吏部郎[illegible]

文帝問人於鍾會會曰裴楷清通王戎簡要皆其選也 知君論將口

似予識畫眼笑指塵壁間此是老半戩 劉道

醇聖宋名畫評道士牛戩字受禧河內人善畫花竹翎毛尤長破毛之禽洎寒雉[illegible]

甞每飲酒肆間或一斗然後畫[illegible]紙以貨之至筆[illegible]畫而工[illegible]

生所衛玠恭意[illegible]

[illegible]宮

非[illegible]相干[illegible]可以理遣[illegible]何[illegible]人[illegible]

賚想子路於[illegible]以門有惑忘於公作[illegible]力猶能[illegible]

置之勿復道柳子厚法華寺詩置之世[illegible]勿復道且寄須臾閑

固多舛歸去亦何須單車度殽澠如黽得

羽化唐柳公權傳銀盃羽化爾已脫安用薾家書空萬

軸韓退之送諸葛覺詩鄴侯家多書插架三萬軸涼曝困舒卷

當掃長物晉王恭傳平生無長物閑息默自煖上

聊付君幽奧得小展新詩勿縱筆

何劭詩良[illegible]新詩羣吠驚邑犬柳[illegible]

屈子賦曰邑犬羣吠
蜀之南常雨少出日日出
二年冬幸大雪數州之犬皆蒼
愈既自以為蜀之日而吾子又欲使
越之雪不以病乎度今天下不吠者
而誰敢衒怪於羣目以召鬧取怒乎
来未可知醜杜子美詩時来展材力先後好後漢劉玄傳成敗未可
妙斷待輪扁莊子天道篇輪扁斲輪於堂下得之於手應之於心

次韻聰上人見寄聰亨見本卷道呈聞復詩注

前身本同社韓退之詩顛為同社人宿業獨臨邊
悟鏡空老異聞貴[illegible]元和初恵[illegible]塘[illegible]出
拳同食之有[illegible]過去[illegible]列乃悟前生[illegible]

法師爲在僧……
證無上菩提 爲之……
將軍當時雲□九人□□得辭……
白某四十餘千日□□三十餘……祠
何欺福不圓修因於今日僧曰過由師□
座上廣說異端戒珠□缺禪未曾氊足□
君房至靈隱寺剪髮具戒始知圓澤賢哀
法名鏡空纂異記云 郊
甘澤謠李源與圓澤爲忘形之友同至三
峽次南浦見一孕婦圓澤曰此某託身之
所與源還別約後十二年杭州相見是
果卒而婦生一子源如期至杭訪之至
竺寺忽聞葛洪川畔牧童菱髻歌竹枝
溪呼源乃圓澤也歌曰三生石上舊
賞月吟風不要論慙愧情人遠相訪
此身雖異性常存歌畢翩然而□

忘犢佩風 漢龔遂傳令民賣
刀買犢……

寄羊鞭　莊子達生篇牧羊視其後者而鞭之

陽子空留六一泉　東坡先生六一泉銘云歐陽文忠公將老自謂六一居士予昔通守錢塘見公於汝南公曰西湖僧惠勤甚文而長於詩吾昔為山中樂三章以贈之子間於民事求人於湖山間而不可得則往從勤乎予到官三日見勤於孤山之下抵掌而論人物曰公天人也此邦之人以公不一來為恨公麾斥八極何所不至雖江山之勝莫適為主而奇麗秀絕之氣常為能文者用故吾謂西湖蓋公几案間一物耳明年公薨予哭於勤舍又十八年余為杭州則勤亡矣訪其舊居則弟子二仲在焉畫公與勤之像事之如生舍下舊無泉予未至數月泉出講堂

次韻

老李威名八十年知雄州以景德寧□問

竹見遺顏唐李紳傳爲人短小精悍自闈出守風流在

文選顏延年五君詠一麾乃出守晉樂廣傳天下言風流者謂王樂爲稱首劉禹錫

詩風流太守卒尚書稍覺承平氣象還文選潘安仁閑中詩戎士

承平但遺詩人歎杕杜毛詩杕杜勞還役也不妨侍

唱陽關劉禹錫贈歌者詩唱得陽關意外聲內朝接武

日周禮司士王入內朝皆退禮記堂上接武白髮著歸

杜子美至日遺興詩憶昨

逢侍奉班去年今日

三月二十日多[illegible]

零露泣月蘂毛詩零露瀼瀼温風散晴葩今[illegible]

至蔡邕月令章句温風暑氣之在風者也春一作天工了不時

夜開此花卓異記則天幸上苑詩曰花須連夜發莫待曉風吹芳[illegible]

誰翦刻韓退之杏花詩翦刻作此連天花天質自清芳晉嵇

康傳龍章鳳姿天質自然惱客香有無杜子美絕句江上被花惱不徹

弄粧影横斜林和靖梅花詩疎影横斜水清淺中山古戟

國殺氣浮高[illegible]詩曰暮[illegible]提[illegible]開文選潘安仁

關中詩桓桓[illegible]征[illegible]

鼎士裕叢　比湖王之湛顏所吾[illegible]与王之

也在邯鄲易水雄悲[illegible]客傳燕太子丹[illegible]荊軻易水之上高漸離擊筑荊軻和而歌曰風蕭蕭兮易水寒壯士一去兮不復還皆垂涕而泣

從此花開玉肥洗塵沙坐令遊俠窟杜子美七月三日詩惆悵白頭吟蕭條遊俠窟劉禹錫和董仲庶詩借問遊俠窟結客幽并兒

化作溫柔家趙飛燕外傳帝謂合德為溫柔鄉我老念

海不飲空咨嗟韓退之晚菊詩令来[illegible]不復飲每見常咨嗟

花開時舉酒望三巴東坡云欲請[illegible]歸三巴[illegible]

源曲折三曲如巴華陽[illegible]其子宗姬於巴[illegible]

以上為巴郡以卣陵是為三巴白岾天詩三者

三月二十日開園三首

雪髯霜鬢語傖獰劉禹錫竹枝詞濬引傖獰不可分

林取次行白樂天西湖晚歸詩煙波澹搖空碧本事詩頓況詩蕩漾

春取次行要識將軍不凡意晉桓伊傳謝安曰使君於此不凡

從來秪啜小人羹左傳隱公元年潁考叔曰小人有母皆嘗小人之食矣未嘗君之羹請以遺之東坡云是日歡又酒良

西園牡丹夜沉丁志亨城門牡良口牡是出蕭肯

師古曰牡所者也沭鑑

驕覺將風骰 汝洪花茁

鬱鬱蒼髯真道友五□□□□□髯是鄉人言□蒼波

髯松也紅萼海棠也何時翠竹江村路送我柴門月

色新杜子美南隣詩白沙翠竹江村暮相對柴門月色新

次韻王雄州送侍其涇州

威聲又數中興年杜子美喜達行在所詩今朝漢社稷重數中興年

年二霄行當一矢聯聞道名城得真將

亞夫傳文帝曰此真將軍矣故應驚羽落空弦文

門行傷禽惡弦驚追鋒歸去隼

錄車書夜兼行四百[illegible]
陽成王望傳魏高貴鄉公[illegible]
並見親待急有詔便至特給追鋒[illegible]
官志文帝初置中衛將軍武帝分左
唐李密傳以蔭為左親衛大都督宇[illegible]
曰君毋素貴當以才學顯何事三衛[illegible]

授鉞重來定十連文選東京賦授鉞四淮南子凡命將主親鉞曰從此上至天將軍制之禮記十國為連連有帥別酒回頭俱陳迹王羲之蘭亭敘俛仰之間以為陳迹號呶端合發初筵毛詩賓之初筵溫溫其恭賓既醉止載號載呶

臨城道中作[illegible]

予初赴古北口日[illegible]

也今將適嶺[illegible]

天氣忽清徹西[illegible]不可數岡巒也

走崖谷秀傑忽悟歎曰吾南遷其遠返矣

退之衡山之祥也書以付邁使志之

逐客何人著眼看史記李斯傳請一切逐客孟東野峽哀詩逐客零落腸到此湯火煎太行千里送征鞍未應愚谷

留柳柳子厚愚溪詩序余以愚觸罪謫水上愛是溪家焉古有愚公谷[illegible]為之愚溪太平寰宇記愚公谷在青州臨淄縣可獨衡山[illegible]

韓退之謁衡嶽廟詩我來[illegible]

氣晦昧無清風[illegible]

直能感通須臾靜掃[illegible]
峰出仰見突兀撑青空

過湯陰市得豌豆大麦粥一[illegible]

子

朔野方赤地說苑晉平公時赤地千里河壖但黃塵錯傳居太上廟堧中注云堧者內垣之外遊地也杜子美詩戰地有黃塵秋霖暗豆漆夏旱臞麦人本草小麦人作麪第三磨者良為[illegible]麪也逆旅唱晨粥左傳僖公二年[illegible]為不道保於逆旅行庖得珍青斑照匕箸方[illegible]筋主傳[illegible]邃首甑玉食謝故漢[illegible]所[illegible]然

玉食風、食何逐足下左附樓堤

銜君子行逐㠯尚何肖漂乞何以漂杜子美傳冬

浩蕩寄此身、杜子美寄韋左丞詩白鷗没浩蕩争勤加

食文選樂府古辭呼兒烹鯉魚中有尺素書上有加飱食下有長相憶寶無

負吏民何當萬里客歸及三年新杜子美鷹詩東

步萬里客亂定幾年歸

子由新修汝州龍興寺吳畫壁

丹青久衰工不藝論語吾不試故藝美武侯廟詩遺

落人物尤難到今世唐李

每摹市井作公卿畫手與□

畫手看前輩吳生遠擅場吳生已與不傳死莊子古□

與其不可傳也死矣君之所讀者古人之糟粕已夫鄭復典刑留□

毛詩尚有典刑歲人間幾處變西方畫作波濤□

海勢細觀手面分轉側妙箬毫釐得天契

始知真放本精微不比狂花生客慧白樂天早

冬詩寒櫻枝白是狂花似聞遺墨留汝海汝州為陸海軍

辟蝸涎可垂涕方拊金黑洋語

雲卷六新霖祥文選班固侯明□

清夢跡安漢賞鋤公孝弘農

紋數衿袂他年再吉知人　右居李古識場

姓名聊記東坡弟

過高郵寄孫君孚

孫君孚名升高郵人哲宗

立為監察御史朝廷更法度

逐姦邪君孚多所建明擢中

書舍人直學士院以集賢

學士知應天府紹聖初

守房歸二州貶汀州卒年

二十

過淮風氣清一洗塵埃空

蒲雜遊龍毛詩隰有遊龍云遊龍紅草也

白樂天春盡詩櫻桃落砌顆夜合隔簾花青枝散紅草

不歸楚詞哀郢矯以遺夫美人列子王瑞藹遊於四方而不歸者何人哉

笑當誰供故園在何處已偃手種松柳[illegible]詩

滿眼故園春草綠我行忽失路歸夢千山重柳子厚詩

憑寄還鄉夢殷勤入故園聞君有負郭二頃收[illegible]史記

蘇秦傳嘆曰使我有雒陽負郭田二頃吾豈能佩六國相印乎[illegible]從其[illegible]畝

野草秋獲尚昔秋大熟未樓[illegible]張[illegible]杜

特出于鐘城仍[illegible]袁迪書[illegible]

所憂社酒澀面䫜

好漢司馬相如傳官遊不遂毋令千鍾

食祿千鍾

僕所至未嘗出遊過長蘆聞主人禪

師病甚不可不一問既見則有間

矣明日阻風復留見之作三絕

呈聞復并請轉呈於參寥子各

數首

聞復名思聰其歸

歲善彈琴十
書既工十五能書
有奇語老師宿儒皆
秦少游取撈嚴文珠語
曰聞復
亦知壺子不死莊子應帝王篇鄭有神巫曰季咸列子與之見壺子出而謂曰子之先生死矣弗活矣列子入泣告壺子壺子曰向吾示之以地文是殆見吾杜德機也明日又與之見出而謂曰子之先生遇我也有瘳矣全然有生矣壺子曰向吾示之以天壤是殆見吾善者機也
汝問其興所遊寓言篇陽子居南之沛於秦又曰孔子見老聃
松露冒 文選

葉荻花秋瑟瑟毗阮嶺季孟出

莫言西蜀萬里且到南

溪道場扶病江邊送客白樂天送元九詩不能扶病暫來無

拏浦口回頭莊子漁父篇漁父杖拏逆之而夫子曲要磬折言拜而應

老去此生一訣興來明日重遊臥聞三老

白事古詩話川峽呼梢工篙手為三老杜子美詩云長年三老應憐汝史

滑稽傳東郭先生拜謁曰願白事半夜南風打頭白樂小詩

白蘋香起打頭風

六月七日泊金夌口

公書寄詩為謝

今日江頭天色惡礟車雲起風欲作

風之候有礟車雲 獨望鍾山叫寶公 南史隱[illegible]釋寶誌太始中出入鍾山往来都邑預言未兆識他心智一日中分身易所遠近驚[illegible]

間白塔如孤鶴寶公骨冷喚不聞 韓退之詩骨冷

寃清無夢寐 却有老泉来喚人電眸虎齒霹靂

舌 晉王戎傳眼爛爛如巖下電穆天子[illegible]西王母如人虎齒[illegible]善嘯韓

之遺瘧鬼詩詛師毒口牙舌作霹靂飛 為予

汝萬里來何事[illegible]

問如何是曹溪水答曹溪

類聚徐爰釋問略曰建金山漢末秣陵尉蔣子戰亡於山因立蔣侯祠故世號曰蔣山搜神幽明錄志怪書亦云尋太平廣記甚詳

仍一作為作泉公嗖居士

贈清涼寺和長老

代北衲辭沒馬塵江南來見臥雲人問

不契前三語延一廣清涼傳大曆中著至五臺山見一寺有出應延無著入無著問一僧此處衆何答曰前三三後三三無著無對不解速須引去童子送出門又曰不解童子曰金剛

隱無著愴然有偈云
知開佛印回頭只見舊山

六身後漢西域天竺國傳明帝夢大頂有光明以問羣目或曰西神名曰佛其形長丈六尺而黃金色於遣使問佛道法遂於中國圖畫形像焉

老去山林徒夢想唐文粹高適封丘作夢想舊山安在哉

餘鍾鼓更清新會須一洗黃茅瘴房千里投荒記南方六七月芒茅黃枯時瘴大發土人呼為黃茅瘴

未用深藏白氈巾杜子美贊公房詩細軟青絲履光明白氈巾深藏供老宿取用及吾身

予前後守倅餘

閒燕丛

下戢之　渦祖

也紹聖元年六　方全

甚怨憶此變而作是詩

忠孝王家千柱宮吳越王錢俶以太平興國三年舉族歸朝卒謚曰忠懿事具國史

東坡作吏五年中晉嵇康傳中一行作吏

和堂上東南頹獨有人間萬里風文選成公子安嘯賦集長風乎萬里杜子美夏夜嘆安得萬里風飄飄吹我裳

慈湖夾阻風五首

捍索桅竿立嘯空篙師甘寢

會渡詩蔦師暗理楫歌[illegible]瀾又丈八溝詩慢卷浪花浮

知心腹左傳成公九年詩曰雖有絲麻無棄菅蒯弱纜能

里風

此生歸路愈茫然無數青山水拍天戰國策呂不韋謂父曰立國家之主贏幾倍曰無數韓退之臨瀧寺詩海氣昏昏水拍天猶

有小船来賣餅喜聞壼落在山前說文壼大之也

古者九夫為井四井為邑四邑為丘丘謂之虚或從土[illegible][illegible]落居也

我行都是退之詩真有

曾江口詩[illegible][illegible]無口其[illegible][illegible]

二

藫草叢石衣注水菩也一名石髮

日輪亭午汗珠融儲光羲詩詠山午詩曦車日停午浮翦杂謬曝

誰識南訛長養功尚書平秩南訛孔安國曰訛化也掌夏之官平序南方化育之事

暴雨過雲聊一快杜子美萬丈潭詩何當暑天過快意風雨會

未妨明月却當空

卧看落月横千丈起喚清風得半帆且

水村欹側過杜子美詩巴童蕩槳欹側過人間何

嶢巖後漢班固西都賦歷嶢嶷而石隤注云嶢嶷高

過廬山下 并引

予過廬山下雲物騰湧默有禱焉夫峯廩然故作是詩

亂雲欲霾山毛詩終風且霾爾雅風而雨土曰霾勢與飄風南老子飄風不終朝羣隮相應和勇往爭驂驔杜子美詩朱汗驂驔猶噴玉毛詩有驔有魚鄭氏云豪骭曰驔可憐蒼茫中毛詩薈兮蔚兮南山朝隮時出紫翠嵐杜牧之早春閣下寓直詩千峰橫紫翠鴈沒失東嶺龍騰見西龕一時[illegible]

百態變立談[illegible]

誼傳大鈞播物坱圠無垠清穢掃[illegible]甘[illegible]

吳妄足戲真真紫霄峯子選左[illegible]賦邈嶼標危[illegible]亭

峻趾廬山記山南簡寂觀白雲峯其間一峯獨出而秀卓名曰紫霄峯窈窕

白石庵廬山記山南楞伽院舊名下白石證道院舊名上白石五老

數松雪廬山記棲賢寺東北有五老峯廬山之勝此為最焉文選顏延年詩庭昏見野陰山明望松雪雙溪落天潭雖云默禱應

有移文慙文選孔稚圭北山移文序云彥倫嘗隱此山後應徵故移使不得至

註東坡先生詩卷第三十四